亀のピカソ

kame no Picasso

短歌日記 2013

坂井修一

Shuichi Sakai

ふらんす堂

january

「こんなにも大きな魅力で私たちを呪縛するあの東洋の芸術の背景をなすものは、東洋の怠惰である」（ヘルマン・ヘッセ「無為の技」岡田朝雄訳）。

名利はやわれ置き去りにほほほほほ椿がわらふ元旦である

いつでも、どこでも、魂をあそばせられる。そういう技がほしい。

月こそは大空の井戸からからと釣瓶になつて落ちてしまはう

1/3 THU

ああ、もう、どれもこれも他人事めく。

履歴書を三が日から書いてゐるどどぼーぱつぱ山鳩のこゑ

「さようなら、もう一度キスしてくれ、そう、じゃ行くといい」(『カラマアゾフの兄弟』原卓也訳)。

スラブ式接吻あはれ　プーチンとメドヴェージェフはわが知らねども

「神とその恐ろしい裁きにかけて誓います。父の血に関しては僕は無実だ！」（『カラマアゾフの兄弟』原卓也訳）。

ドミートリィを冠するはちょっとアレだなあカラマアゾフもメドヴェージェフも

「明日よりは志賀の花園まれにだに誰かはとはむ春のふるさと」（『新古今集』藤原良経）

あすよりはわが花園は蜜の国　訪《と》ふものはみな修羅の顔して

「学芸を研鑚《けんさん》して造詣《ぞうけい》の深きを致さんとするものは、必ずしも直ちにこれを身に体せようとはしない。必ずしも径《ただ》ちにこれを事に措こうとはしない。その矻々《こつこつ》として年《とし》を閲《けみ》する間には、心頭姑《しばら》く用と無用とを度外に置いている。大いなる功績は此《かく》のごとくにして始て贏《か》ち得らるるものである」（森鷗外『渋江抽斎』）。

鷗外はニヒリストだって？それにしちゃ上品すぎるぞ『渋江抽斎』

「コンピューター・システム」講義。微細加工はどこまで可能か？

自由電子の千鳥足はもわらわらとつどひあゆまむ十ナノの道

「技術が進むほど私たちは世界の稀薄さを感じ、もっと繋がりたいと思い、その気持ちを未来のアトムに託す。その挫折と希望の循環は永遠に終わらないかもしれない」（瀬名秀明『おとぎの国の科学』）

NHKにしづかにわれを待つてゐる瀬名秀明の眼鏡のひかり

田中英彦名誉教授古希記念同窓会。

しろたへのおほふ頭《かうべ》をことほがむ百五十人弟子はざわめく

1/11 FRI

夜、剣幸さん朗読会。ご本人から聞いた宝塚引退の話を思い出す。

この国のバブルの果てに放たれしホームランひとつ君退《ひ》かしめき

1/12
SAT

冥王星が惑星の資格を失った日が、なぜかなつかしく思い出される。

惑星をはづされしのちの冥王星《プルートー》　このごろ親し冬のしじまに

「願望したものを持っていると思いこんでいる時ほど、願望から遠ざかっていることはない」（ゲーテ『親和力』）

おほいなる蜘蛛の巣ひとつ照り陰りうつくしからめ夢の蝶こそ

1/14 MON

仕事は幾何級数的に増え、視力は算術級数的に下降する。

ハードディスクざざと唸りて月曜日はじまらむとす液晶の上

1/15 TUE

ハッピーマンデー制度の影響で、火曜日なのに月曜授業。

むかしむかしの成人記念日　けふわれは月曜のやうな火曜をすごす

鼠は人間の十八倍の速さで歳をとる。二十一世紀、人の忙しさは鼠並みになったそうだ。

光陰は十八倍速にうつろはむおのが顱頂を掻く左手に

「木・岩・雲」（カーソン・マッカラーズ）

愛知るはことば知るなり木・岩・雲うたひて過ぎむ冬の朝風

角川俳句賞・同短歌賞授賞式。

新人をたかく言祝ぐその口よああ蕎麦の汁こぼさぬやうに

「NHK全国短歌大会」収録。NHKホールにて。

紅白の二十日《はつか》ののちをしづしづと壇なるわれら古きうたびと

「ＮＨＫ短歌」放映（ＮＨＫが続く）。

視聴者はムーミンパパとわれを呼ぶ朝六時からネクタイのパパ

「ああ。必要を言うな。どんなに卑しい乞食でも貧しさのどん底に何か余分なものを持っている」（シェークスピア『リア王』（松岡和子訳））

〈ことば〉こそ貧者の宝　外套の裾ゆらゆらとあそばせて今

「杖つきて歩く日が来む　そして杖の要らぬ日が来む　君も彼も我も」（高野公彦『天泣』）。高野さんは伊予長浜の、私は松山の生まれ。

ゆつくりと言葉をはこぶ伊予のひと老いてゆきたしわたしもそつと

もし宇宙の造物主がいるなら、直接話をしてみたい。物理学者の願いはそこに尽きる。

ほほゑみがどんどん深くなつてゆくピーター・ヒッグス八十三歳

1/24 THU

乃木坂・日本学術会議。社会の安全・安心のためのガイドラインづくり。

かづら橋風に波うつうつくしさおもひメモする危険度の数字

私の教員室は北向きの十一階。森鷗外記念館（観潮楼跡）を見下ろす位置にあるが、間にいくつか建物があって見えない。昔、休館日にあそこで写真撮影をしたことがあった。

塀越えて「三人冗語の石」に座す若き日われのグラビア写真

イエスの「危機」（Close to the Edge）を聴きながら出勤。

地下鉄のわがスマホからひたぶるに境界《エッジ》の声はたちのぼりくる

アイザック・アジモフは、ほんとうに「歴史は予見可能」と思っていたのだろうか。

今あらばアジモフはいかに受けとめむ日中米のカオスの波濤

1/28
MON

学位審査の一週間が始まる。

はしけやし博士とならむ若者の最後の試練、この質問は

「芸術はそれ自体、発展することはない。思想が変り、それとともに表現形式が変るのである」（パブロ・ピカソ）。同僚の教授室には、ピカソという名の亀がいる。

水槽の亀のピカソがその主《ぬし》の進歩史観をしづかに笑ふ

1/30 WED

夜、石井辰彦歌集『ローマで犬だった』の読書会。

悲しみの睫毛を立てて叙事すらむ石井辰彦ドイツ語の歌

博士論文審査が三件。テーマは電子デバイス、ディジタル回路設計、ウェブマイニング。

うつろひてさすらひてつひに形なすシリコンの中に、ネットの上に

february

補正予算は突風のようなもの。風力発電には向かない。

びゅんびゅんの風をなだめて成す予算　届けよかし良き人のこころに

喜連川優博士と出会って三十三年。

「歌やめよ」三十三年われに言ひ喜連川さんの額ひろがる

妻は三島の大岡信ことば館で座談会。車で最寄りの駅に送り、帰りにパン屋に寄ってブランチを買う。

サイコロ状チェダーチーズをちりばめてフランスパンがわれを待つ店

二月期大学院入試初日。受験者には、現役の大学生ばかりでなく、社会人もいれば、留学生もいる。もちろん、女性もたくさんいる。

わが門を敲くこぶしに力ある老若男女みなみな受かれ

今日も大学院入試。今の日本人は、いったい何回試験を受けるのだろう。

罫線はさびしい青よそのあはひたちまち埋めて微分積分

「NHK短歌」収録。ゲストは歌人の栗木京子さん。

大堰川きびきび舟を漕ぎし君やさしき声が語尾のばすかな

コピペ、すなわちコピー・アンド・ペースト。ウェブ上などの電子文章・図像をそのままコピーして自分の文書に貼り付ける（ペーストする）こと。引用を明記することなくこれをやると、単位取り消し・停学・懲戒などの厳罰が下る。しかし、世界中で、これが珍しいことでなくなった。

ペーストを終へて次なるコピーへのつかの間だけがにんげんの息

会議、会議、会議。会議がレクレーションだと思えたら………

将棋さすやうに会議をたのしみし天才教授は顔よかりけり

2/9 SAT

ヒラリー・ハーンのコルンゴルトを初めて聴き、思わず膝を叩く。

ピチカートあそぶ指先きらきらといまスピカから降りくる光

2/10 SUN

日本社会では在宅勤務という概念は根づかないのか。

月曜より火曜よりこころとがらせて土曜日曜パソコンの前

2/11 MON

岩田正・馬場あき子両先生のお宅へ。

鉄橋も電車も人も多摩川の風に軋めりそれぞれの音

終日、修士論文審査。君の才能は認めるが、かんたんに通すわけにはいかないのだ。

∫《インテグラル》を Σ《シグマ》に換へるすばしこさ　とがめてやらむその行間を

今日も終日の修士論文審査。腰が痛くなってくる。

杖つきてとなりに座るK教授見ながらわれはわが腰たたく

ピアフの「パリの騎士」を聴くうち、去年、加藤登紀子さんから聞いたことばを思い出す。

民族のこころは空で歌ふもの　ピアフはすずめ美空はひばり

2/15 FRI

今日もシャンソンを聴きながら大学へ。ミレイユ・マチュー「コルシカの恋人」。

うるうると恋の匂ひをたてながらミレイユ・マチューのRが震ふ

2/16 SAT

左足のアキレス腱が痛い。

冷や水と言はれぬうちに退《ひ》く美学　など思ひつつシャワールームへ

2/17 SUN

午前は、短歌の勉強会。午後は大学で新教育プログラムの学生説明会。

すみやかにAからBへ切り替はる脳持たばきつとけふは極楽

2/18 MON

電気系長寿会の司会。名誉教授の方々と交歓。

あたらしき言葉をもちて先輩は舞ふにあらずや古希から喜寿へ

2/19 TUE

地下鉄千代田線北千住駅。

ぽとぽととケチャップ落ちる駅のホーム　ＡＩＤＳで死んだキース・ヘリング

「ゼロデー攻撃」（ウィルス対策ソフトが通用しないサイバー攻撃）対策の研究討論会。

防ぐすべ無しといはれて熱くなる　ゼロデーすなはち未知の攻撃

ジャズの名曲「ラッシュ・ライフ」。最初に島田歌穂の、次にハートマンの声で聴いた。

同僚はどんな顔せむ　真実は「ラッシュ・ライフ」にあると告げなば

午前中、浜松町の東芝本社。十二時半から東大・工学部二号館で電気系学科相談会。午後二時から法学政治学系総合教育棟にて仮想政府セミナー。午後七時から渋谷のさくらホールで守屋純子オーケストラ定期公演。

オートチャージPASMOをかざすあたふたと産から学へ、学から楽へ

ザイザルは花粉症の薬だが、催眠効果が大きいようで、不眠症っぽいときは一石二鳥。

ザイザルを飲みてすばやく寝室へ　五時間眠れ！

坂井修一

2/24
SUN

確定申告書のウェブ入力。

〈ロードせよ！去年の確定申告書〉「はいはい」まづはつぶやいてから

2/25 MON

キース・ジャレットを聴きながら、ルームランナー二十分、ダンベル二十分。

スマホからブルートゥースで飛んでくるキース・ジャレットそのうめき声

モンティー・パイソンが好きだ。〈モンティー・パイソンが嫌いな吉田美和〉も好きだ。

どこまでも悲しいほろび繰りかへす獣の名前テリー・ギリアム

乃木坂の日本学術会議にて情報学シンポジウム。夜は渋谷で「NHK短歌」「NHK俳句」の選者慰労会。その間の移動中、Dreams Come Trueの二つのアルバムをハシゴする。

千代田線ドリカムMAGIC聞き終へてDELICIOUSな銀座線の三分

機械振興会館で電子情報通信学会委員会。次に、明治記念館で技術交流会。

週何コマ授業あるかとひとは問ふ　学校にゐる暇などなきに

march

帝国ホテルで、助成金贈呈式。情報セキュリティーに関する文理融合の研究をすることとなる。この分野、コンピューター屋で歌詠みの私だから、できることもある。簡単なことではないが。

両刀遣ひ三十五年　雨の日の抜刀は悲し八倒はなほ

調布の電気通信大学で、終日、情報セキュリティーの公開討論会。夕刻、都内スタジオで東大・情報理工学系研究科パンフレットのための写真撮影。情報社会の安全・安心を思いながら。

オリオン座暗黒星雲　ひとのもつ心が壊す安全・安心

「ＮＨＫ短歌」最終回の台本をタブレット・コンピューターで読む。

わが人生かがやき終はる〆《しめ》の文字　なみだ落つれど滲むことなし

つくばの研究所で打ち合わせ。待ち合わせ時間の前に、YouTubeをチェックする。

ひるがへるスカートもろともひるがへる世界よPV「ふりそでーしょん」

午前、米国電気学会会長の案内。研究科全体をPVでお見せし、その後、新しい大学院教育プログラムについて紹介。続いて介護ロボット、安全・安心コンピューター、フードログなど見学の後、「松本楼」にて昼食会。

定番ははづかしけれど紺ブレと臙脂のタイでけふは楽々

午前、渋谷の放送センターで「ＮＨＫ短歌」最終回収録。ゲストは安藤和津さん。午後一時すぎ、タクシーで六本木の全日空ホテルへ。同ホテルで大川賞授賞式。今年度、拙著『ＩＴが守る、ＩＴを守る』（ＮＨＫブックス）が大川出版賞を受賞した。

短歌からＩＴへゆくタクシーは飛ばすなよ！人生はこれから

3/7 THU

東北新幹線で宮城へ。

ひとのこころ復《ま》た興《おこ》すまでそこへ行け　「はやて」の顔が東京を出る

3/8 FRI

仙台。情報処理学会大会イベント「新しい情報社会を支えるセキュリティーとプライバシー保護」司会。

プライバシーと個人情報どう違ふ？　あなむづかしやマイクが怖い

「福島」を英語読みするとハッピーアイランド。「ふるさとはハッピーアイランドよどみなくイエルダろうか　アカイナ　マリデ」（鈴木博太）。

「クリーンでグリーンで美《は》しき福島に！」そんなんぢやないほしい言葉は

春の夕べ、カチョカバロの淡泊さがいとおしい。白ワインを開けながら。

うすぎりのカチョカバロ焼く静寂はすつぴんのわが妻をつつめり

雑誌取材。グラビア撮影とインタビュー。ディジタル一眼レフのカメラの前で。

一眼レフぱちりと落とすシャッターの「ぱちり」とは音の偽物である

午後、東大・武田ホールで柴田直教授最終講義。続いて懇親会。柴田先生は集積回路の権威であり、近年は、知性をもつ集積回路（右脳VLSI）の研究をされている。動物を見てそれが犬か猫かを判断するのは、今のコンピューターにはちょっとむずかしいが、柴田先生の右脳VLSIなら簡単だ。

庭にゐるあのかたまりは犬なのだ（脳よはたらけ）トトロぢやないぞ

「気に入ったぞ！お前は破壊と慈悲の混沌だ」（『風の谷のナウシカ』。トルメキアのヴ王が最後にナウシカにかけた言葉）

昼の森雨ふれば黄の粘菌のとどめがたしも　わたしは腐界

昼、四月に大学院に入学する学生たちと研究テーマについて相談する。夜、工学部二号館展示室で、情報理工学系研究科退職教員惜別会。

老いも若きもあそべよ雀　科学とは神様とするお話だから

朝から夕刻まで、有明の東京コンファレンスセンターで「博士課程教育リーディングプログラムフォーラム２０１２」。夜は、市ヶ谷のＪＳＴで戦略的創造研究（ＣＲＥＳＴ）の領域運営会議。

サバイバル・ゲームはじまる「よーいどん」春ありあけの矩形ビル群

終日、市ヶ谷JSTにて、戦略的創造研究（CREST）の領域会議。午前の部でパネリストをつとめ、午後の部はポスター展示。二期十年間、CREST代表として悪戦苦闘を続けた。

CRESTは鶏冠《とさか》のことだ　この十年とさかは生えず顱頂禿げきぬ

朝、担当最後の「NHK短歌」放映。昼から中野サンプラザで、「かりん」歌会。

短歌漬けワタシノカラダ今日は変　下半身からうたた寝をする

3/18 MON

午前、H社からの社会人博士（大学院生）の研究発表会。午後から夜は、工学部2号館にて、産学連携シンポジウム。

産のための学を否定しほろびたる全共闘をだれも知らざり

3/19 TUE

新人部局長の研修で、伊藤国際学術研究センターへ。濱田純一総長の挨拶からスタートする。

うたびとの南原繁総長のむかしむかしが重くなってる

昨日早朝にネットで注文した髭剃りが、その日の深夜に届いた。

ブラウンは新品なればおづおづと身震ひはじむ春の彼岸に

ノスタルジーは芸術家の悪癖。進歩史観は技術屋の持病。

竹内まりや「ノスタルジア」が流れきぬ美容院ロゴスパトスのゆふべ

3/22 FRI

会議ばかりの一日。

やあやあで始まり途中おいおいで終《しま》ひはどろどろ破れ雑巾

『新世紀エヴァンゲリオン』第壱参話「使徒、侵入」。スーパーコンピューターMAGIが使徒イロウルにハックされる。そのときの、伊吹マヤの言葉がなつかしい。

それなんて俺がつぶやく言葉だぜ　マヤ「これなんてｉｎｔのＣよ！」

「あなたは生きるために食べ物を食べているだけだ。食べ物をたくさん蓄えるために生きているわけではないはずだ」（キケロ）

「ほんものの人生を君は生きて死ね」人に説きつつ財なすも人

学位伝達式。研究室のY君の修士論文が専攻長賞を受賞。賞状授与を喜びながら、昔の自分を思い出す。

ひと知らぬ落馬・脱輪くりかへしわが二十代雑草まみれ

学部卒業式。ほとんどの学生が大学院に進学するため、緊張感が無い。しかし、君たちには、入学式よりも卒業式のほうがたいせつなのだ。

明日きみに降る雹はゴルフボール大　ああさうさやつと地獄二丁目

「サイボーグ009」（石ノ森章太郎）のブラックゴースト。いわゆる「死の商人」は紀元前からいたが、彼らが人間を改造することはもう始まっているのだろうか？

きみの名はフランソワーズ・アルヌール　恐竜ぐらい素手で倒せる

リスク・ゼロの理想主義がいかに偽善に満ちたものか。

大声でテレビが唱ふリスク・ゼロそよそよそよそよよその風吹く

3/29 FRI

研究室の最終相談会。続いて送別会。

出て行くな学者になれよカアカアカアまだ啼く鴉がけふのわれなり

3/30 SAT

「かりん」三十五周年記念特集号割り付けのために岩田正・馬場あき子宅へ。

才人が百人やめたみじかうた　心の底の三十五年

『ジャン・クリストフ』（豊島与志雄訳）を電子書籍で入手。高校一年生のとき、どうしても欲しくなったので、なけなしの小遣いをはたいたのだった。それにしても……同書は青春の書というが、本当にわかるのは四十歳を過ぎてからではないか。

きみは生きよオリヴィエ・ジャナンに出会ふまで「燃ゆる荊」が灰となるまで

april

研究科長を拝命。MITのArvind教授からお祝いのメッセージが届く。

武道館入学式の静寂に〈神〉と見てゐしDeanか我は

"Mehr Licht!"(「もっと光を!」)は、ゲーテの臨終の言葉。ゲーテの一生は壮大な実験だった。学者の世界でも、歌壇でも、彼のような精神の壮大さがほしい、この時代だからこそ。

ひかり呼ぶこころの暗ささびしさへ月光来たりラボラトリウム

進学式にて挨拶。いい歳をした大学院生に訓示、でもないのだが。

神対応も塩対応も見えてるぞ大教室の学生の「はい」

昨夜、米川千嘉子の迢空賞受賞の連絡が入った。受賞によって終わるものは終わり、始まるものは始まり、重くなるものは重くなり、軽くなるものは軽くなる。不思議なことだ。

パラシュートほかりと開くまた開く　イニシエーションのやうな朝焼け

科学技術振興機構へ最終報告書提出。概要、目的、計画、従事者、成果内容、論文リスト、新聞報道の後に、特許など知財リストをつける。

報告書二〇〇ページの尾のあたり知財リストが煙たい春だ

アイザック・アジモフ忌（一九九二年没）。彼の生み出したロボット〈ダニール・オリヴォー〉は、一万年生きて人類のゆくすえを見守り、ときに歴史に介入した。

ダニールの変幻にこころ踊らせて銀河青かりき前世紀末

昼、吉祥寺の武蔵野商工会議所で明星研究会。夜は新宿の京王プラザで短歌結社「水甕」百周年記念会。

与謝野晶子、岡本かの子羽衣をまとひて駅にすれちがふ、今

新学期になり、新しい部屋に引っ越して一週間。若い頃ほどではないが、われながら気持ちの上下動が激しい。

聴くほどにうるはしの風モーツァルト　すみやかにわれは鬱から躁へ

昨夜は仕事が終わらず、本郷のホテル泊。朝八時半から、今学期初の「コンピューターアーキテクチャ」講義。講義スライドはウェブで公開しているが、最後の二枚は非公開。http://www.mtl.t.u-tokyo.ac.jp/~sakai/hard/

非公開のスライドこそがキモだから出てこい出てこいあと十二回

ほほゑみて配るもわれの仕事なり「そろそろセクハラですよ！」のカード

コンプライアンス。法令遵守と訳す。学内規則を含めて、もちろんパーフェクトに守らなければならないし、守らせなければならない。

初の研究科長・研究所長会議。部局の古い順でいえば、私どもの情報理工学系研究科は十三番目。

十三番の座席にわれわれの名札ある　イスカリオテの誰かぢやなくて

日本武道館で東大入学式。ガウンを着て登壇する。会場には、受験勉強の続きでいつまでもピーキーな人生を送る秀才もいるし、人間らしい経験を繰り返して成長する賢者もいるのだろう。

秀才君どうか賢者になってくれ　わが祈るときガウン波打つ

太陽光などの光をプリズムで分けたときに生じる暗線をフラウンホーファー線という。ある周波数の光が、特定の元素に吸収されるために起こる現象である。人間の記憶の中にも、フラウンホーファー線のようなものがあるようだ。

曲折など無いであらうといふなかれフラウンホーファーの暗い暗い線

DVDで『愛を読むひと』を観る。そのあと、原作の『朗読者』を本棚の奥から探し出して、読み返す。日本には、ハンナ・シュミッツはいなかったのか。

春なれどふかぶかと手足冷えてをり　永遠《とは》の恋人ハンナ・シュミッツ

ワーカーホリックで死ぬほど恥ずかしいことはない。しかし、私の先輩・同級生、そして後輩に過労で倒れる人が増えてきた。

さながらに南極大陸押し出され未決書類が氷山となる

4/16 TUE

昨夜、カラオケで浜崎あゆみ「Far Away」を歌った。

「新しく　私らしく」やったならなにが起きるのだろう、マイクよ

4/17 WED

昼は研究室相談会。コンピューターの高信頼化について討論。夜は学士会館で、現代歌人協会公開講座。

人間のアタマひよひよ低信頼、だけど熱いぞ学芸の部屋

研究者評価ソフト"Publish or Perish!" 直訳すれば、「論文を書け！さもなくば死ね！」。

太陽が白すぎる春の空の下聞こえてくるよ Publish or Perish!

立花隆『東大生はバカになったか』。知識はあるが教養が無く、利にさとい小市民エリートが、東大生という。そういう人も、いなくはないが。

乱層雲見上げて笑ふあははははは　さあ飛んでゆけダンディライオン

ボストンでテロ。容疑者は昨日ケンブリッジのMITのビルの前で警官を殺害した後、ウォータータウンに逃走、警官隊と銃撃戦。逃走経路は、二十二年前の私の通勤路とぴったり重なる。当時の私は、ウォータータウンに住み、カローラでMITに通っていた。

憎しみのビッグバン、そして西へ飛ぶ。いつよりぞその幽鬼のこころ

4/21 SUN

共済組合のウェブページで人間ドックの予約をする。

オプションをふたつ加へて息つけば画面がくもる老眼鏡も

乃木坂の日本学術会議で工学の安全・安心に関する分科会。われわれは、どんなリスクをどれぐらい受け入れるべきか。

リスクゼロなんてないけどわがアタマ　月に一度は壊れてよいか?

朝、工学部二号館で講義のあと、正門前の列品館に戻る。ここで昼から研究科スタッフ会議。午後三時から大学本部棟で研究科長・研究所長会議。夜は料理屋で懇親会。

「教育」と「経営」のはざまわたくしが息してゐます棒立ちのまま

鵺《ぬえ》という怪物をおもしろがった若い時代。しかし、今となって、ようやくほんとうのことが見えてきた。

肝も胆もひたひたと食ふ鵺ありと日記に書いた我こそが鵺

今年は議長席に座ることが多いので、なんだか肩がこる。昨夜はこんな夢をみた。

まだ飛べぬ　薬王院のむささびとなつてびくびく葉桜の中

4/26
FRI

竹橋のＫＫＲ東京で、八大学の工学系関連研究科長会議。

昔から知つてゐるけどこのひともあのひとも髪が無くなつてゆく

4/27 SAT

渋谷パルコ劇場へ「レミング」を観にいく。

見ることで世界は破壊されてゆく　さうさもともと〈世界〉は〈劇〉だ

「私達はいずれも皆執行猶予中の死刑囚である」（ウォルター・ペイター『ルネサンス』）

われらみな死刑執行猶予中　さはされど浮き世ちよつと気になる

四十年来の大和和紀ファンで、自分に子供ができたときに、男なら海里、女なら卯野と名づけようと思っていた（『翼ある者』の深尾海里。『ヨコハマ物語』の卯野）。できたのは男の子。さっそく妻に「海里」を提案したところ、「サカイ・カイリじゃ韻が揃いすぎ。歌人のつける名前じゃありません！」と一蹴された。

ピアノやみ海里と流花が見つめあふ。ああ透きとほる胸の傷跡

公共政策大学院にて、情報セキュリティーの講義。ＩＴシステムは、多くの場面で、完璧であることを保証していない。最善を尽くすが保証・補償のない世界である。

みづからを修正しつつ生きのびるＩＴはいつか人間めきて

may

5/1 WED

修士論文中間審査の予行演習。就職活動をしながらの研究だが、皆、よくがんばっている。

立ちつくし答をさがすその背後　青い模様のパワーポイント

バブル時代の五月といえば、本郷の寿司屋はリクルーターの貸し切り状態だった。

秋津島三十年の浮き沈みひんやりそよりヒラメの刺身

雇用者数世界最大の事業者はアメリカ国防軍であり、三二〇万人。次が中国の人民解放軍で、二三〇万人。

失業者五五〇万はなにをせむ世界平和の後の世界に

寺山修司忌。三十年前に彼が死んだこの日、「短歌研究」の押田晶子編集長から大学の研究室に電話があり、同誌にはじめて共同連載を持つことになった。当時私は、修士二年生。今、同じ研究室の先生をしている。電話番号は変わらないが、黒電話ではなくなった。

黒電話わたしの指紋つけたまま地獄・極楽・天井桟敷

「スタートレック」の「超時空惑星カターン（Innerlight）」。艦長ピカードのもう一つの人生を奏でる笛の音色が美しい。

「忘れないで」宇宙の川にそつと置くグリコのおまけのやうな探査機《プローブ》

西片門くぐりてわれの見るものは悲しみふかき殿堂ばかり

「科学もやはり頭の悪い命知らずの死骸《しがい》の山の上に築かれた殿堂であり、血の川のほとりに咲いた花園である」（寺田寅彦「科学者とあたま」）。

「笑いとは、地球上で一番苦しんでいる動物が発明したものである」（ニーチェ）

ほほゑみの皺増ゆるたび地位高くこころは低く愛は怪しく

ヘリグロテントウノミハムシが柊の葉を食べている。「蓼食う虫」のたとえ通り、あの棘を楽しんで食すというのは、見た日にもちょっとおもしろいものだ。

棘を食ふ縁黒天道蚤葉虫しんしんもくもく楽しかるらむ

「人々の、花、蝶やとめづるこそ、はかなくあやしけれ。人は、まことあり、本地たづねたるこそ、心ばへをかしけれ」（「虫愛づる姫君」『堤中納言物語』）

はしきやし「まこと」「本地」を見とほして瞳すずしき虫の姫様

5/10 FRI

夜、藤島秀憲歌集『すずめ』読書会。

むし暑いすずめがゐないこの街ににんげんだけが獣のにほひ

伊東の杢太郎記念館。特別展「木下杢太郎と観潮楼歌会」開催中。杢太郎はこの歌会に六回参加し、十三首を詠んでいる。

医学生太田正雄をはみだしてことばは遊ぶ怪《け》しくはかなく

萩尾望都の誕生日。『トーマの心臓』から『残酷な神が支配する』へ。モー様のトラウマはなんて純粋で深いのだろう。

え言はねど少年はみな持つてゐる海馬の奥のほそいほそい傷

昨日は、キャサリン・ヘプバーンの誕生日でもあった。時差があるから日本時間では今日だったかもしれない（自伝を読んだが、誕生の時刻までは書いていなかったから、これはわからない）。それはともかく、我々は実に多くの女優を好きになるが、私の場合は、彼女に出会って揺らぎがなくなった。女優といえばキャサリンだし、それが何より自然なことになったのだ。

薔薇が散りライラック散り消えゆかむわが人生にキャサリンの声

一限、コンピューターの記憶階層について講義。昼から研究科長室でスタッフ会議。三時から大学本部棟で研究科長・研究所長会議など会議三つ。夕方から伊藤国際ホールで退職教員送別パーティー。

本部棟議場さざなみ神経が触手をのばしあふやうな時

学士会館で現代歌人協会公開講座。今日のテーマは、「身体を歌う」。登壇者は、篠弘、東直子、駒田明子、坂井修一（司会）。

篠さんが背筋をのばし咳をする地球防衛隊長のごと

文京区立森鷗外記念館で特別展「鷗外の見た風景」開催中。森鷗外はその晩年に帝室博物館長をつとめたが、任期の四年の間に予算を二倍に増やした。今、これができる人はいない。

予算書はまだ白紙なりこのあした舞ひてやまずよまぼろしの「鷗」

5/17 FRI

福岡・天神で八大学情報系研究科長会議。今年の議題のひとつが「改正労働契約法」。

コーヒーの煙くるくるこのまひる　悪法はいま大学を絞む

福岡・天神から全日空で帰ってその足で明治神宮へ。参集殿にて日本歌人クラブ四賞授賞式。

ジェット機で「神」から「神」へ　この国にいつまでゐるのだらう神様

昨日、ひさしぶりに岡野弘彦さんにお会いした。本当はもっと長くお話したいのだが、いつもわずかな時間しか取れない。どんな断片でもいい。折口信夫のことが聴きたい。

「沼空」は戒名といふ死はひとつはるかな空へわれをいざなふ

世俗の懊悩を相対化するためには、最上の文芸が必要だ。魯迅の短編は、そのひとつ。

めぐりみな食人鬼なる村ひとつ描けばきみは文芸のひと

「わたしは今の故郷に対して何の未練も残らないが、あの美しい記憶が薄らぐことが何よりも悲しかった」（魯迅『故郷』）。これは、いつどこの話だろうか。

ふるさとは総中流の風の中ほほゑむだけでよかつた私

一限、ＶＬＳＩアーキテクチャ講義。続いて小柴ホールで蒲島郁夫熊本県知事の講演会。

にこにことくまモンがきて知事がきて計量します日本の政治

「昼間は稲作技術の改良に注力しながら、夜になるとこっそり縄文式土器を焼いている。二千年前もそんな人間がいたかもしれない」（坂井修一『縄文の森、弥生の花』あとがき）。

弥生人もわれも恋ふなり火焔土器冷えてかたまる五千年前

「然り、この男は無意識家なのです。然るに用心深すぎるのです。卑怯なのです」(中原中也「小林秀雄小論」)

二十世紀の意識・無意識あふれきて暑くて臭い晩春である

昨年五月、蛭子能収さんを「NHK短歌」にお招きし、石川啄木を描いた色紙をいただいた。一年ぶりにこれを取り出して、味わいながら。

漫画なぜ書かぬと聴けば苦笑ひ　ふはりほのぼの蛭子能収

上方落語『地獄八景亡者戯』。米朝、枝雀、文珍の聴きくらべ。枝雀の変奏はすごい。

べらぼうめ地獄に落ちろ身と心。すぱつと米朝ゆらりと枝雀

来客十人。会議八件。夜、ピノ・ノワールを三本。月曜からこれだ。

彼ら、いや、カレラ三本。ぐるぐると回転をする顔も名前も

5/28
TUE

右足の親指つけ根が猛烈に痛い。痛風のようだ。

まつかつかこれなんだらう足の指ざくざくがつんめらめらぎぎ

痛風の痛みに耐えて仕事。同僚が笑うので、私も苦笑い。

たたなづく未決書類を読みいそぐまなこよ、よ、よ、泣いてるまなこ北京大学、清華大学とメール会議。今年末に行う東大・北京特別入試の準備を進める。

いつしらに英語の技をきそひあふ渤海越えのメールぞあはれ

七月の米国出張、九月の中国出張、十一月のタイ出張の旅程を立てながら。

あそこから三笠の山はどの方位? まなこ閉ぢれば仲麻呂気分

june

キム・英子・ヨンジャ歌集『百年の祭祀《チェサ》』読書会。

民族のはざまに燃ゆるちひさな火みまもりながら言葉をえらぶ

一九四五年のこの月、李香蘭は上海の大光明大戯院でコンサートを開き、壇上で語った。「夜来香の香りもやがて消える。今の内に楽しみましょう、その香りを」と。

夜来香《イエライシャン》あまくはかない歌声よ今にしきこゆ黄砂の窓に

経済界では、「東大総長は選挙で選ぶべきではない」「教授会で審議するのをやめ、上意下達にせよ」等の論調が目立つ。たしかにそのほうが効率は良いだろうが……

「東大はＧＤＰのため」なのか？

（嘘ではないがそれだけぢゃない）

朝一限、コンピューター構成法の講義。コンピューターにおける最大の発明は、電子回路にあるのではない。「操作」を「数」で表現することにある。頭に思い浮かべたことが論理的でさえあれば、それがそのまま実現される。コンピューターはそういう機械だ。

夢すべてうつつとなさむおもひ秘め指先はいまホームポジション

ネット犯罪の現状。クレジットカードの情報を盗み、ゲームアイテムを買ってこれを転売する。すべてがネットの上の数字のやりとりだけなので、犯人の特定は至難。もしかしたら彼（女）は人ではなく、コンピューターのプログラムかもしれない。

番号もモノもワタシも「数」である。盗んで買って転売をする

古代ギリシャが「白い文明」というのは、大英博物館の捏造したフィクションであったという（ＮＨＫ「知られざる大英博物館」）。

ひやひやとならぶ大理石十二神磨きあげにし〈西洋〉あはれ

ギリシャ文明はエジプトとメソポタミアを継ぐもの。ギリシャ人みずから神話で語っている。

フェニキア王アゲーノールは海神の子にしてエウロパ、カドモスの父

「勝利は同じ人の上にいつまでもとどまりはしない」（ホメロス『イーリアス』）

エリートはあなうつくしやはつ夏のスタジアムに立つ剣奴のごとく

塚本邦雄忌。八年前、葬儀に行った。塚本さんには若いころに一度、狼藉を働いたことがあり、このときは「逆鱗」というみごとな連作で逆襲された。第十六歌集『不變律』にそのまま納められている。私の恥は永久保存。

ときどきは思ひいだせよ天国にメガネ冷たき塚本邦雄

塚本邦雄さんは、詩人の屈原を溺愛していた。私は、塚本さんが大好きだが、屈原はどうしても好きになれない。塚本さんの『汨羅變』という歌集題は、できれば別のものに変えていただきたかった、と、思うぐらいに。

屈原を愛した邦雄きらふわれ　ばらんばらんと遠雷が鳴る

「文学部は清貧に甘んじましょう」と、K教授は総長の前で言い放った。今からちょうど十年前のこと。

財務担当総長補佐のわたくしを刺しつらぬきし「清貧」の声

6/12 WED

地震訓練。私の大学の建物も、東日本大震災以後、大きな改修がいくつもあった。今は安田講堂が改修中で使えない。

うちがはに弱みをもてる〈顔〉として講堂はいま普請中なり

「道徳なき経済は罪悪であり、経済なき道徳は寝言である」(二宮尊徳)。

いまさらの道徳論をふりかざす老いびとがゐる鏡のなかに

沼空賞授賞式。米川はいつもと変わらず、静かな朝だ。

世は忘れわれら見つめるしのぶぐさしづかに揺るる朝の坪庭

「力の藝術といふ語は、あなたと、わたしとでは、おなじ内容を具へてゐないかも知れませぬ」（「茂吉への返事」折口信夫）

うたびとは力ばかりを恋ふなかれ　月さす窓に沼空のこゑ

「懐かしきヴァージニア」は私が英語で歌える数少ない曲のひとつ。奴隷労働に従事して老人となった黒人の悲歌だ。

みづからをDarkyと呼びふかぶかと皺よる面《おも》は綿の畑に

フォスターの「夢見る人(Beautiful Dreamer)」を聴きながら、過労死した先輩を思う。

喧噪のちまたをのがれ目をとざす夢路よりかへりこぬ君のため

午前に講義をして、午後から会議が五つ。「タフな大学生」を育てるためには、まず先生がタフでなければならないようだ。

グローバルでタフであれよと声あげてへたへたたぐたり二十四時半

桜桃忌。太宰の忌日ではなく、遺体の発見された日。たまたまこの日が彼の誕生日だった。

さくらんぼ梅雨のしめりに光りをりさよなら昭和の日本のひかり

スティーブ・ジョブズ。ラリー・ペイジ。マーク・ザッカーバーグ。彼らは、「人間の選外特選」であって、学校秀才ではない。秀才が秀才として生き残れる時代は終わったのだろうか。

正門前コンビニエンスの自動ドア　だれに聴かせる「螢の光」

6/21
FRI

夏至。朝四時に目覚める。午前中、クレジットカードの個人認証技術について議論することになっている。

平成のこぎつねこんこん夏至の朝ネットでうつす弐百萬圓

多磨霊園、木下杢太郎の墓所。昭和二十年夏、杢太郎は胃癌であった。

幽門にふくらみやまぬ緋色ありき。物言はざればいまも梅雨寒

6/23
SUN

気がつけば、月曜日からずっとそうだった。日曜日の今日は一休み。

くりかへす体言止めの貧しさやわれのことばの梅雨といふべし

6/24 MON

博士課程入学希望者と面接。

のどぼとけ震へるしたに右の襟崩れて左の襟は立ち立つ

三十年余り前に思ったこと。歌手の岩崎宏美さんと結婚する天恵に浴した人は、仕事でぼろぼろになった夜など、「聖母たちのララバイ」を歌ってなぐさめてもらえるだろうか。

「眠りなさい」妻がいふとき思ひだす二十三歳の妄想ひとつ

わがこしかたのくらさより
さいはひどもの遁がれゆく
のがるるものを趁《お》ふなかれ
（室生犀星「永日」）

世過ぎなり胡椒の実よりかすかなる星の言葉をつぶやきながら

現代歌人協会賞の授賞式。私は、選考委員のひとりとしてスピーチすることになっている。受賞者の内山晶太君と山田航君へ。

夕凪のボトルシップの船長も明日はうたへよ宇宙の時間

6/28 FRI

「文明が進まなければ自然は守れない」（開高健）。なんてあたりまえの、なんて皮肉な言葉だろう。

タクシーの窓のピラーに区切られて雲がうつろふ議事堂のうへ

「かりん」発送のため、岩田正・馬場あき子宅へ。

「柿生、柿生」鈍行のドアひらくとき青きさびしき空気ながれ来《く》長い間、見たいと願っていたピエトロ・ジェルミの『鉄道員』をついに見た。期待は裏切られなかった。

「スト破りマルコッチ」見て街ゆけば「コトバ破りシュウイッチ」と壁が

july

橋、トンネル、プラント。日本の物理インフラの多くが耐用年数を過ぎようとしているが、今の経済状況ではすべての修復は望むべくもないという。

この不安ゆゑなきならず豪雨のあと自然渋滞首都高小菅

7/2 TUE

夜、栗木京子歌集『水仙の章』読書会など。世俗を捨てられるわずかな時間を楽しむ。

うたふとは身を捨てること　オルフェウス殺されてなほうたふ文月

「人類は、他の生物と較べてとくに重要ということもなく、創造の頂点として現れたものでもない。単に環境への物理的反応として生じたに過ぎない」（サマセット・モーム『人間の絆』）

ペルシャ絨毯その曼荼羅を踏みゆけばをとめの眉毛白くなりゆく

7/4 THU

「人生とは、切符を買って軌道の上を走る車に乗る人にはわからない」（サマセット・モーム『作家の手帳』）。

チケットがあってもたぶんくりかへす暴走・脱線・難破・不時着

「先生、その式、Xの符号が間違っています」「そうだね。奇数回間違えたらしい」

「偶数回まちがへたなら正解」といへば爆笑！（けふは平和だ）

7/6 SAT

締め切り近い論文を執筆中の大学院生を電話でアドバイス。

スマホもつわれは明るい目をすれどさはやかならず言ふことがある

「漁火や海に逝きしは海に棲む」（照井翠『龍宮』）

海に棲むたましひはここにうちよせる折口春海も釜石の子も

大船のM電機研究所へ。所長のFさんは、大学時代の同期。

子を成すも名を成すもはや七夕をすぎてわれらはさびしすぎたり

鷗外忌。森鷗外はディレッタントとして生きる以外になかったと言われるが、本当にそうだったろうか。

観潮楼書斎にひとり中将の帽子たたいてぶつぶつと夜半

7/10 WED

「文壇の人々からみれば鷗外はこっちの仲間であり、官吏は彼の悪趣味ぐらいにしか思っていない」（松本清張『両像・森鷗外』）

雨のすぢフロントガラスにつけながらタクシーが待つここ団子坂

与謝野寛、折口信夫、木下杢太朗。文人教授は、どうやって日々を耐えていたのだろうか。

教授てふ悪趣味はここにきはまると太田正雄もつぶやきにけむ

7/12 FRI

午後、デルフト大学から来客。

キスをする人形となりわが卓にけふ来るといふデルフト・ブルー

7/13 SAT

公営プール。ひさしぶりにクロールで一キロ泳ぐ。

ずんずんずんとツービート打つ快感も終はりちかづく脛攣り加減

「フェルディナン・シュヴァルよ、蟻よ、かなへびよ、わがいとほしきものは地を這ふ」（『さよならバグチルドレン』山田航）

蟻を踏みかなへびを踏むバイソンとなるだらうきみは転生ののち

「なにとなく椅子は回りてそのうえのわれ回るうすき本をかかげて」（『窓、その他』内山晶太）

七十億のひとりのきみをなだめつつ地球まはれば空気もまはる

「三十代くらいのやさしそうな男性がぼくの守護霊とおしえてもらう」（『日本の中でたのしく暮らす』永井祐）

「守護霊《エクスペクト・パトローナム》よここに来たれ」とは唱へずにねむる永井祐目をあけたまま

「春怒濤とどろく海へ迫り出せり半島のごときわれの〈過剰〉が」（『北二十二条西七丁目』田村元）

くちびるを空気にさらし遺伝子の欲しがるものを海にささやく

現役の教員が亡くなるのは辛い。まして、外国の方となると。

梅雨の国に渡りきたりて郭公ようるはしきその声は絶えたり

文明と文化がせめぎあう前線。そこを航行するのは、楽なことではない。

右翼にはＩＴ、左翼には短歌　そんな飛行機が雷雲のなか

身過ぎとはかくのごときか歌を「句」と呼ぶひとにさへわれはほほゑむ

今や、日本人の99%がそうだろう。

森鷗外の『雁』に出てくる無縁坂は、暗くてさびしい坂だが、学生時代から嫌いではなく、よく散歩した。

一書生俗世などとは無縁坂。それも嘘だがこころはいこふ世の中が嫌になったとき、私たち研究者は学術の世界に籠もることができる。たとえそれがわずかな時間であっても、救いにはなるのだ。

あしたから俗事まみれの泥まみれ　だけど今夜は学者にかへる

コンピューターアーキテクチャの期末試験。はたして、脳の中身は二進数の情報として再生されるだろうか（そんな問題を出したわけではない）。

バイナリに脳の細胞おきかへて一分前のわたしのコピー

河童忌。小説によると、河童の胎児は生まれ出ることを自分で拒否できるという。生物学的には正しくないのだろうが、芥川龍之介の存在様式を暗示することがらとして印象的だ。

天空の龍ももたざる才ひとつ　生まれいづるを河童は拒む

温暖化のために北極海の氷が減っていて、シロクマが海を泳ぐのを見ることが多くなったという。

オーロラのひかりの皺のうつろへるおほぞらを見て白熊泳ぐ

けんかっ早いが、最後は論争に負けてしまう教え子。昔の自分もああだった。

論争に敗れた脳は燃えてゐる　いまごろきつと頰杖のうへ

「かりん」三十五周年全国大会初日。講演、パネルなど。誰か、怒って大声をあげたりしないだろうか（かつての誰かのように）。

とめどなく積乱雲がふくらんで大音響にいかづちが飛ぶ

「かりん」全国大会二日目。三会場に分かれての歌会。合間の昼食は幕の内弁当。

「すだち」とは巣立ちか酢橘かわからない　ええいままよと切り捨て、御膳

7/29 MON

エミール・ゾラ暗殺説を、ふっと思い出し、肺の中が寒くなる。

天秤のひだり安寧、みぎ蛮勇　真ん中揺るる針こそ〈命〉

「二〇〇九年以来、アメリカ国内では三〇万人の教師を含む約七〇万人の公共部門労働者が職を失い、学区では約四〇〇〇校の公立学校が閉鎖されている」（堤未果『（株）貧困大国アメリカ』）

クラウドのなかに本あるこの世界　焚書まだよい坑儒はこまる

柳田國男の誕生日。

天《あま》かける馬の首よりぽつぽつと血が落ちてくる。ゆふぐれ日本

august

8/1 THU

研究科長になって四ヶ月。四年分の仕事をした気分。

おづおづと木の独楽われが回るとき十六方から鉛の独楽が

8/2 FRI

電子情報通信学会コンピューターシステム研究会の歴代委員長によるパネル。先々代だった私も登壇してひと言。

もういいぢやないか日本を捨てちまへ　わたしが昔さうしたやうに

小倉の学会から飛行機で帰京。そのまま中野で短歌の研究会。テキストは、「かりん」三十五周年記念号。

学と芸のあひだにほつこり浮かんでる汗かくわたしのからだところ

8/4 SUN

教育再生実行会議の提言を読む。

外国人研究者すぐに雇用せよ、せよ、せよと真夏　鋼鉄のこゑ人間ドック。

仰向けにねそべるわたし去年から六キロ痩せて超音波あぶ

8/6 TUE

人間ドック二日目。今回は、胃カメラと大腸内視鏡を両方やる。

消化管上下からカメラさしいれて、でもとどかない小腸が鳴る夕方、情報セキュリティー法研究会。「個人情報を守りながら、国際競争に負けないようにするにはどうすれば良いか」。われわれの課題はここに尽きる。

担保せよ連結可能匿名性　われらは負けても壊れてもならず

原子論を確立した古代ギリシャのデモクリトスは、魂の安らかさを求める人であったという。

今あらばデモクリトスはなにおもふ　こころさわがす原子のひかり

欧州の日系企業社長と懇談。課題発見能力のある人材を見つけて育てるには、どうしたらよいか、等。

温度計横目で見つつだんだんとシティーのきみのテンションあがる

長男は法学部四年生。法科大学院に行くのをやめて、来春、就職する。

「法曹を」あれは去年のけふのこと語尾ゆつくりと「やめる」といひき

8/11 SUN

今月は歌の注文多く、昨夜は五十首余りをつくった。

鵞ペンからことばうまるるかなしみに飽かざりしかもシェークスピアは

大学は、今日から三日間の夏休み。あえて言うが、ほんとうに三日間だけである。

夏休みふたつきみつきあらためてふ歌人やつばら腹立たしけれ

社会的地位と人格はまったく別のものなのだが。

おほきな鮫はちひさな鮫よりえらいのか　たつのおとしごは考へてゐる

8/14 WED

石巻市立大川小学校跡を二年ぶりに訪れた。

須臾といひ永遠といふわからねど子守の像に吹いてゐる風

終戦の日。母は、松根油を取る作業をしていたという。

神風を呼ばむとぞ掘る松の根の深さに泣きし十三の母

就職の決まった息子と、縁側で近未来について語りあう。

草の庭まだ鳴けぬ虫跳ねてきて子の黒靴の干さるるに遭ふ

8/17 SAT

ジョージ・オーウェルの『1984』を読み返す。

ドーパミンふつふつ湧けば楽しからむ顔なきあなたビッグ・ブラザー

オーウェルはスターリンが嫌いだったという。

けむりたつ世界よ二十一世紀スターリンなどめづらしくもない

夏の大学院入試。今年は修士の受験者が多い。

むかしむかしの先生は暗い目にいへり修士の「士」とはさむらひなりと

8/20 TUE

大学院入試二日目。昨日は数学、本日は専門分野。

ためらふなあともうすこし　ああされど式の途中で止まる鉛筆

寺山修司は「偉大な質問になりたい」と言った。でも、現実は、小さくて不完全な解答があるばかり。

本読むな街に出でよとアジるのは楽しかりけむ　かみなり雲よ

8/22 THU

大学院入試四日目。口述試験。

もうないぞどこにもないぞ目を開け　点取り虫てふ楽な商売

百年前のこの日、コペンハーゲンの人魚姫の像が公開された。

しあはせはマッチのひかり海の泡　死ぬことだけがひとのしあはせ

『絵のない絵本』第三夜。

薔薇をとめ薔薇夫人そして薔薇娼婦　さらさらと月はひとりを照らす

個人情報収集で悪名高い米国国家安全保障局（NSA）は監査を受けることが無いのだという。欧州の常識では考えられないことで、情報管理の国際基準を作るのに大きな障害となっているらしい。

世界といふ裸の山羊が泣いてゐる“YES WE CAN!”もとい“YES WE SCAN!”

8/26 MON

プライバシーを守るには、深い知恵と注意力が必要だ。

「吐けば楽になるぜ」とささやくふななないろの十二インチの液晶画面

8/27 TUE

主治医に人間ドックの結果について相談。

カベルネは日に一杯にせよといふ人生後半ことばは寒い

「好き嫌いが通用する時代はとうに去った。これがわかっていない人は退場せよ」という。電子書籍、ネット配信、ソーシャルメディア等、受け入れない自由は無い、ということか。

紙の本、ビデオ、CDなくなってなんてライトな老人ホーム

通勤の車中で岩城宏之の『九段坂から』を読む。九段坂病院は、私も年一度は行く場所。

病院の廊下で苦い目にわらふ満身創痍のコンダクターは

8/30 FRI

昨夜はエンタープライズ・アーキテクチャの話で盛り上がった。

私利私欲豪雨のごとくふりしのちひとの世に夢の蒸気がみつる

いつもそうではないのだが、気分というのは動かしがたいときがある。

あしたから晩夏の光けぢめなしゴルフよりけふは歌が詠みたい

september

数学者メルセンヌの命日。メルセンヌ素数で知られるこのフランスの数学者は、カトリックの神学者でもあった。

キリストが数を律するうつくしさ捨てて忘れき旅の途中に

9/2 MON

公共政策大学院に出向く。

理が進み文が追ひつきそこねたる常なるあはれ本郷の丘

9/3 TUE

一ヶ月ぶりの研究科長・研究所長会議。

難題を解くはいつから習ひ性　われらほほゑむ大会議室

破壊的なイノベーションなくして人類の進歩はなかった。

ふるきよき昭和のひとら声たかくラッダイトかともみまがふゆふべ

9/5 THU

南原繁の誕生日。「曲学阿世」とは、吉田茂が彼をさしていった言葉。

あたふならあしたはわれもたまふべし曲学阿世の銀の称号

「人の上に立つ人にて文学技芸に達したらん者は、人間としては下等の地にをるが通例なれども、実朝は全く例外の人に相違無《これな》之《く》候」（正岡子規『歌よみに与ふる書』）

実朝をたたふる子規のこゑたかし　そこでは触れず田安宗武

9/7 SAT

本郷で、十四人の研究科長の交流会。

うすうすは知れど語らぬことのはの葉脈いくつワインはひたす

9/8 SUN

夕刻、「熾の会」十周年で浦和へ。

武蔵野線カタリ動けば歌を詠む阿呆にもどるゆふぐれのわれ

山川健次郎の誕生日。大学本部棟に彼の写真が飾られている。会津藩士、白虎隊隊員。のちに物理学者、理学博士、東大教授。さらに貴族院議員、東大・京大・九大各総長。

白虎隊ちゃうじて帝大総長の眼光浴びてわが席がある

9/10 TUE

鳥取砂丘。

国といふ時代遅れのなつかしさながらに消ゆる朝の風紋

9/11 WED

「坂井はいい。引退しても歌なんか詠んで時間をつぶせるからな」。最近よく言われるようになった。返礼の微笑――歌はそんなヤワなもんじゃないんだよ。

人生が終はつちまつた燃えカスが歌詠むといふ。笑へ！アルパカ

科学技術は畢竟、〈近代〉の枠内のものという。もちろん私は反対だが、世の中はその程度の「科学技術」で満ちているのかもしれない。

近代《モダン》すら超えられないのに威張るなよ　タブレットいっぱいの近似式

9/13 FRI

大学のシンポジウムで挨拶。MITのロドニー・ブルックス博士と昼食。

ことばとは記号にあらず心なりそれはさうだがシャーマンは困る

9/14 SAT

何度目かの『冬のライオン』を観る。

鏡見て泣くエレノアのさわがしさ　紅茶をすすりわれは見守る

「型のやうな旦那さまと
まるい字をかくそのあなたと
かう考へてさへなぜか私は泣かれます」（高村光太郎『智恵子抄』）

ものみればすなはち命縮まむにサンタマリアが智恵子をさそふ

マイナンバー法のシンポジウムを法律の専門家といっしょに企画。

番号に帰すればほろぶみじかうた　呻吟をして三十五年

昨夜は、帰りの電車の中で、キンドルに『進撃の巨人』をダウンロードして読んだ。

ふかぶかと見えぬ傷もつ若者よライナー・ブラウン鎧の巨人

9/18 WED

乃木坂・日本学術会議へ。東京メトロ千代田線の車中にて。

乃木坂へわたしをはこぶ地下線路カーヴしてわれは迷宮深く

「和歌の精神こそ衰へたれ、形骸《けいがい》はなほ保つべし、今にして精神を入れ替へなば、再び健全なる和歌となりて文壇に馳駆《ちく》するを得べき事を保証致候」（正岡子規『七たび歌よみに与ふる書』）。今日は糸瓜忌。

ちょんと切りたらりたらりとしたたらす糸瓜の水よ、和歌ほろびしか

八大学工学系等研究科長会議。教員任期制など議題。東大教員は、ついに任期つき雇用が終身雇用を上回るようになった。

学者の生《よ》いくたびもあふ断崖よ　翔んでみせよとことばはやすし

9/21 SAT

米川と賀茂川の河原を散歩。永田和宏・河野裕子夫妻を語りながら。

方形の飛び石越えてあそびしか十年前は河野裕子も

9/22 SUN

故・佐々木実之歌集『日想』読書会。

実之は実朝のさね重之のゆきと名乗りき十八の君

かりん京都支部歌会。ある若手歌人に。

すぐ見ゆる才などたかが三年の〈神7《セブン》〉われが言へば笑へり

午前は人事案件で大学本部へ。午後は自分の部屋での会議二つの後、研究科長・研究所長会議などで再び大学本部へ。同じキャンパスの中だが、本部と私の部屋では、十分ほど移動時間がかかる。もともとは加賀藩江戸屋敷の端と端。

けふは二度本部往復そのむかし前田の武士もよこぎりし庭

9/25 WED

午前、ある賞の選考のため、東京タワー前の機械振興会館へ。

ジュニアよりシニア対象がむつかしい学者の賞も短歌の賞も

9/26 THU

学内の四ヵ所で会議。はからずも一万歩歩くことになる。

会議場めぐりも飽きたふくらはぎパスするといふ夜の水泳

伊藤国際謝恩ホールで、秋期学位授与式。ガウンを着て登壇。

学位とは素足の裏のごはんつぶ　とったのだから歩けタケルよ

詩歌文学館研究紀要「日本現代詩歌研究」の原稿三十枚をようやく脱稿。短歌の伝統において自然とは何かについて書く。

にんげんはかならず愛しほろぼすと書けり（地球は最後のひとつ）

ネルソン提督の誕生日。ナポレオンに勝って、トラファルガー広場の主になった。

フランスを睥睨せむのねがひあり　地上五十メートル隻眼あはれ

9/30 MON

卒論中間審査。

緩急はいまだ知らねどたのしみは気負ひあらそふきらめきの中

october

10/1 TUE

今日は多くの会社の内定式。今年卒業・修了する学生が出かけていった。

きみの道つひにいつぽんとなる朝の憂愁が門のかたちをしてる

「憂きことを思ひつらねて雁がねのなきこそわたれ秋の夜な夜な」（『古今集』凡河内躬恒）

午前二時スマホ鳴くなり　オンせむになにをためらふパジャマのわれは

一二二六年のこの日、アッシジの聖フランチェスコ、四十四歳で没。

「ブラザー・サン　シスター・ムーン」そこだけを繰りて泣きゐし十五のわたし

伊藤国際謝恩ホールにて、秋季入学式。四月と同様、ガウンを着て登壇。外国人の大学院生が中心。

学と生ともどもにここで知れよかし英語の式辞聞きつおもふ

昨日の夢に大学時代の恩師が出てきて、「力をぬいて長生きしろ」とアドバイスをくれた。彼が癌で亡くなったのは、五十六歳のとき。

流星のごとくは去れぬ浮き世なり昭和六十年秋のあなたにも

エルサレムに行ったのは、二十四年前。ベルリンに行ったのは二十年前。キプロスに行ったのは、十八年前。どこも二度と訪れていない。

壁のあるみつつの国をおもふ朝　けぶりゆくなり二十世紀は

昨日、ひさしぶりに我孫子の父母に会った。

父似だと言はるるたびにいきどほる二十歳《はたち》のわれよあはれ青瓜

ジョン・ハンコックの命日。米国独立の最大の貢献者のひとりである彼は、一七九三年のこの日、現役のマサチューセッツ州知事として亡くなった。享年五十六歳。彼の名を冠するジョン・ハンコック・タワーは、ボストンで最も背の高い建物。私も何度か上った。

生きてもつ富、死んで待つ名声や　ビーコンヒルにめぐりくる秋

10/9 WED

乃木坂の日本学術会議で、情報社会の安全・安心について議論。サイバーテロ対策など。

ぬばたまの夜に光るはさびしきに中国陸水信号部隊

10/10 THU

霞ヶ関合同庁舎。昔からの疑問をつい口走りたくなる。

どこがちがふ内閣官房と内閣府　問はばや秋の流れ雲みゆ

午前、研究室ミーティング。ディジタル回路の信頼性を飛躍的に上げるアナログな技術について。五年前に発表、日経産業新聞で取り上げていただいたものが、戦略的創造研究推進事業（CREST）に採用され、今、完成に近づいている。

アナログはディジタルをふかく支へゆかむ　ささやかなわが楽しみひとつ

再び日本学術会議。今度は情報学の教育について議論する。

「ことばとは」われはしづかに手をあげて言ふべし「生命現象である」

一九〇五年のこの日、上田敏の『海潮音』が出た。日本は日露戦争のさなか。

満州の森鷗外に献ずといふ　「ガ」と「ズ」の濁音ひびくぞあはれ

10/14 MON

体育の日。先回りしたわけではないが、昨晩、市民プールで六百メートル泳いだ。

ツービート打つわが股《もも》のなよとして悲しいものになりゆくけはひ

木下杢太郎の命日（昭和二〇年）。解剖時、彼の巨大な脳は医学生たちを驚かせたという。

海馬から辺縁系へゆく電子「想起」と呼べばすずやかに飛ぶ

夜、学士会館で現代歌人協会公開講座。パネリストは高野公彦、吉川宏志、米川千嘉子。司会は佐伯裕子。題は「生活を歌う」。今年の講座の最終回。

「生活」と書いて「たつき」のルビがある　いま壇上は「立つ木」の葉擦れ

一三時三〇分から研究科教育会議。一五時三〇分から同教授会。一七時から同代議員会。一八時から情報セキュリティーマネジメントに関する会合。すべて議長をつとめる。

コスモスの茎たちゆらぐキャンパスに千を越えしか今年の会議

「その人が何を恥じ、何を恥じないかということほど、その人の道徳的完成度を正確に示すものはない」（トルストイ）

鬚男レフ・トルストイ木の椅子を揺りてわれ待つ藤棚の下

10/19 SAT

東大ホームカミングデイ。重ねて電気系同窓会。

法人化以前のころはよくひびく名誉教授のテノールとバス

10/20 SUN

朝から中野で「かりん」研究会、午後は歌会、夜は編集委員会。

あしたより仮面のつどふをかしきにときどき素面きらめくあはれ

Y准教授と学生二人、学会でわが故郷の瀬戸内へ。居残りの私は、『源氏物語』「須磨」を思い出しながら。

羨《とも》しきは渡るかりがね　夜が明けて北風がわれの窓ざわめかす

ゲーデルの不完全性定理。どんな理論体系にも証明不可能な命題が存在することを示したこの定理は、しばしば知能の限界を示すものとして引用される。実はこれは、コンピューターが問題を解くことができるかどうか証明できないことと等価である。

コンピューター停まるかどうかわからない　それこそが花、ダーク・マターよ

ハイゼンベルクの不確定性原理。物体の位置と運動量を同時に一定以上の精度で確定することはできない、というのがその中身だが、しばしば科学の限界を示すものとして引用される。これに対してアインシュタインは、「神はサイコロを振りたまわず」と反論した。

神あらばわれに知らせよ　ゆれやまぬ恋人の位置と運動量を

「アインシュタインよ、神が何をなさるかなど、注文をつけるべきではない」（ニールス・ボーア）

秋晴れの芯なるスカイ・ツリーまで目をあそばせて北千住、朝

10/25 FRI

大阪・千里中央の阪急ホテルで八大学情報系研究科長会議。

プアール茶水筒に揺れわれも揺れことばはかくも選びがたきか

10/26 SAT

啓蒙活動を控えて、本来の文学に集中するよう、馬場あき子先生に進言。

鬼三界棲み家はあらず人の世をはなれて生きよ、かがやくまなこ

10/27 SUN

松山の短歌大会に選者として参加。子規記念館にて。

われ以外選者はみんなアララギ系　十時の鐘がいま鳴りわたる

10/28 MON

東大・ソーシャルICT研究センターのシンポジウム。

若きらの幸を祈らむ　富・文化なべて地上の灰となるとも

10/29 TUE

千嘉子の誕生日。

妻といふ日本語はどうも嘘だなあ　締切越えの眉間のひかり

すぐそこの死よりまぢかに垂れてゐる少女ミカサの三角の髪

「仕方ないでしょ？　世界は残酷なんだから」（『進撃の巨人』）

私たちのめざすイノベーションは、そんなものではないのだが。

代替はりするたびふゆる戦争《ウォー》ゲーム　スマートフォンが私はこはい

november

11/1 FRI

五十五歳の誕生日。

むずむずと電車のなかにおとづれてくつさめくつさめ休《く》息《そく》万《まん》病《びやう》

11/2 SAT

ひさしぶりに船に乗って佐渡島へ。

なみがしら崩れながるる海境《うなさか》よわが人生の終はる日もまた

鷲崎・鷲山荘歌碑公園。米川と私の歌碑（久保田フミエさん建立）を初めて見る。

歌が二首名前がふたつかなたよりきし海風にふるへる音す

11/4 MON

佐渡から東京へ。

しりぞけといふこゑもなし島流しする舟もなし科長のわれに

ワーカーホリック。

付箋の端つまんで噛んでひつぱつて本からはがす付箋とわたし

11/6 WED

職場の私の部屋は三階、トイレは一階。遠くはないが、階段が面倒。

放物線描いて尿《いばり》落つるさま元気がないぞ霜降りの朝

「自分自身を自由で独立した自己として理解し、みずから選ばなかった道徳的束縛にはとらわれないと考えるなら、われわれが一般に認め、重んじてさえいる一連の道徳的・政治的責務の意義がわからなくなる。そうした責務には、連帯と忠誠の責務、歴史的記憶と信仰が含まれる。」（マイケル・サンデル『これからの「正義」の話をしよう』鬼澤忍訳）

君の名はコミュニタリアン声重し〈歴史〉を照らす暖炉のまへに

西暦二〇〇〇年のこの日、日本赤軍最高指導者の重信房子が逮捕された。彼女は今、二十年の懲役刑に服している。

「われわれはどこから来たか」 お金よりイデオロギーより桜が痛い

朝風呂。

はなたれてちぢむペニスよこのあした〈東大教授〉もパンツも脱いで

「NHK全国短歌大会」選歌。題は「母」

生みの母、育ての母に遺伝子の母が見るべし　子の特選歌

11/11 MON

ブラジルで東大フォーラム開催。オニオオハシはこの国の国鳥。

くちばしのおまけのやうにからだある鬼大嘴《おにおほはし》はだれの前世？

測るだけダイエット。

素裸のわたしをのせて体重計気色悪いといいひたいだろな

来年九月につくばで開催される第一三回情報科学技術フォーラム（ＦＩＴ）の運営委員会。ＦＩＴは情報処理学会と電子情報通信学会情報システムソサエティの合同全国大会で、この種のものでは日本最大のイベント。今回、私は実行委員長。

三十代おもろい奴は誰々ぞ　議事はすすまず地下三階に

二十八年前のこのころ、結納のために米川の実家を訪問した。

ゆつくりと畳のうへにふりつもる母たちの時間　われらにあらず

「泉への道後れゆく安けさよ」（石田波郷）

嘘つきの坂井修一　「泉」の句となへながらに朝の爆走

『レ・ミゼラブル』の「スターズ」をYouTubeで視聴する。

枇杷の花こがらしが空にはこぶときさあ逃げてゆけ、わたしも闇だ

「夢やぶれて」を英語で歌ってみる。

「呑みつくすワイン」うたへどノワールの深みを知れば浮き世恋ほしも

11/18 MON

映画『マイレージ・マイライフ』は、一千万マイルを貯めた男の物語。

動物園のオランウータンが目をそらす　にんげんほどは馬鹿ではないぞ

「死ぬこと自体は怖くない。本当だよ。たくさんのろくでもない、くだらない連中が死んでいくのをこれまで目にしてきた。あんなやつらにだってできたことだ。俺にできないわけがあるまい」（村上春樹『色彩を持たない多崎つくると、彼の巡礼の年』）。

地図のみかたスマートフォンの使ひかた君に告げねば　あと三月なら

11/20 WED

「露の玉百千万も葎かな」（川端茅舎）

このあした霧の流るる八重葎わが庭となり十九年ゆく

書けば書くほど孤独になっていく。

人類がほろんで千年たってから会ひにこい愛に恋もそのとき

昼は永年勤続者表彰。夜は名誉教授の長寿会。祝辞を述べてばかりだ。

薔薇の花天下の乱のかをりして生きねばならぬあたらしき世を

利根川と鬼怒川の合流地点付近。

大利根の底へ引かるる釣り糸よ　死んでもいいが死ぬのはこはい

仕事も歌も締切が迫ってきた。

嘘つくは文芸のわざ　嘘いはぬ科学の掟　婆娑羅、婆娑羅よ

「鷹老いて吹きわけらるる胸毛かな」（眞鍋呉夫）

天《あめ》なるも地《つち》なるも顔はまへを見よつつしみながら怒ることあり

身の処し方がむずかしい歳になった。

のせられて痛い〈出世〉のくりかへし　ここにもひとりあそこにもひとり

11/27 WED

学者の才能は、そんなものじゃない。

円周率たちまち百桁記憶してたしかにすごいが仕事はないぞ

「言葉のエラボレーション（骨折って作りあげること）ということが、私が生きる働き、laborの中心にあります。しかもそれは、社会、世界に背を向けてただ言葉をみがくだけの、オタク的な生き方とはまったく違ったものです。社会、世界に自分をつきつけることで、内面に根ざす表現の言葉を現実的なものに鍛えることなのです」（大江健三郎『「話して考える」と「書いて考える」』）

冬ちかき線状の雲ながめては死ぬなかれわが緋のうたことば

「囮籠しづかなる日が移るのみ」（加藤楸邨）

囮守ばかり居ならぶ会議室　鵬をおもひてほほゑむばかり

11/30 SAT

映画『パーマネント野ばら』は西原理恵子の原作。

ダメンズの夫クルマではねとばし殴り蹴るなり病院のなか

december

12/1 SUN

三十歳のころ、日本人をやめようと思った。

極東のあまきみそらの風湿る寒気団から降りるかりがね

「ただ背中に小さい小僧がくっついていて、その小僧が自分の過去、現在、未来をことごとく照して、寸分の事実も洩《も》らさない鏡のように光っている。しかもそれが自分の子である。そうして盲目である」（夏目漱石『夢十夜』）

闇のなか鏡がひかりわれひとり死者のすきまを這ひのぼりゆく

耐震工事中の安田講堂。中を見学。

講堂はぎんいろ袴の普請中　欅の木から葉がふりそそぐ

オマル・ハイヤームの命日。
「生きてこの世の理を知りつくした魂なら、
死してあの世の謎も解けたであろうか。
今おのが身にいて何もわからないお前に、
あした身をはなれて何がわかろうか?」(『ルバイヤート』)

なぞなぞがとけないわたしプロフェッサーほほゑみだけが空にとけだす

12/5 THU

研究予算の審査を受けるため、学士会館へ。

目も口も開けて刃《やいば》の下にゐる鯉か、目高か、プランクトンか

ネット通販サイトは、個人情報の宝庫だが、はたしてどんなふうに使われているのだろうか。

amazonのおすすめ本の三番目『そして「理系」が世界を支配する』

お茶の水の文化学院で与謝野寛のシンポジウム。

ますらをは良しとおもへど号「鉄幹」本名「寛」けふは淋しい

Remember, Pearl Harbour!

沈黙は易しといへど黙すのみ戦艦アリゾナ六十二年

12/9 MON

学会運営委員会のため、夕刻、芝公園三丁目の機械振興会館へ。通りをはさんで東京タワーがある。

われも立つ夕陽のなかの三丁目　お疲れさまの東京タワー

「最も厳格なる法律は最も悪しき害悪なり」（キケロ）

おそらくは手足ぐらぐら目は霞む　秋霜烈日まへに話さば

「著作権、出版権又は著作隣接権を侵害した者（詳細略）は、十年以下の懲役若しくは千万円以下の罰金に処し、又はこれを併科する」（著作権法第百十九条）

「法律は気にせずわが歌引いとくれ」なんて言ったらお縄になるか？

「青少年が安全に安心してインターネットを利用できる環境の整備等に関する法律」。名前だけで短歌よりずっと長い。

わかりいい名前にすれば「携帯にフィルタリングを入れる法律」

今の現実を表す言葉には、人間らしさのかけらもない、という。

若きらは〈ワーキング・プア〉年寄りは〈長生きリスク〉合間のわたし

カピバラの温泉浴。

あと十年わたしにあんな日は来ない頬の毛までも濡れるカピバラ

12/15
SUN

三十五回目「かりん」忘年会。

千人の才人・賢人天国で歌よみあそべワインを干して

午前は、建築会館で工学アカデミーの委員会。午後は如水会館で日本学術振興会（ＪＳＰＳ）学術システム研究センター十周年記念会。

傘置きに鍵かけながら挨拶の「生きてますか」はわが戦友に

小川洋子の本の中では、『やさしい訴え』が一番好きだ。特に、チェンバロを斧でたたき壊し、燃やしてしまうところ。

あまいあまいチェンバロの音　いくたりのをみなを君は愛せしと問ふ

最後に歌が残るのか。それとも情報学が残るのか。

もうなにも考へちやゐない　盲目の女神がどちらの腕を振るのか

「なにゆゑに歌を詠むかとあやしめる心さへまた歌に詠むなり」（小島ゆかり『純白光』）

悲しきは歌を詠まずに死ぬ阿呆　ひとのこころは虹たつものを

12/20 FRI

「脳神経のなかに眠っている潜在記憶の回路を刺激して、人間の喜びや悲しみが湧いてくる根本のスイッチをひねること——そこに、少なくとも今の自分にとってコンピューターの最大の魅力があると、梓は思う」（西垣通『コズミック・マインド』）

情報学ときに忘れてマルケスを語り合ひたり西垣さんと

アノマロカリスはラテン語で「奇妙なエビ」の意味。カンブリア紀最大の肉食動物。

そのむかしアノマロカリスに狙はれし裔の裔なるわれがエビ食ふ

12/22 SUN

映画『クラウドアトラス』。

ソンミさま娼婦で神で革命家　母と呼びたしわが死なむ日に

数学者ガウスは、非ユークリッド幾何学の存在を確信し、その先鞭をつけながら、死ぬまでこれを公表しなかったという。

墓場まで黙つてもつてゆく研究そろそろ為さむ　霜柱立つ

人生は旅という。旅情なき旅の途中で。

枯れ果てし佐久の草笛カバンから出してながめるビジネスホテル

ドミートリィ・カラマアゾフからイワン・カラマアゾフへ。自分の人生の軌跡はそういうものだったかもしれない。いつか、アリョーシャになる日が来るのだろうか。

皇帝をアリョーシャが殺す物語　彼は書かねど歴史は書きき

フォン・ノイマンの誕生日。天才ノイマンは政治的にタカ派であった。戦時中はマンハッタン計画の一員として京都に原爆を投下せよと言い、一九五〇年にはソ連への核攻撃を熱心に主張して、「明日彼らを爆撃しようではないかと言われたら、なぜ今日爆撃しないのかと言う。今日の五時にと言うなら、なぜ一時にしないのかと言う」と述べた。

夜明け前サンダーバード駆りきしにゆきどまりなり真冬の岬

ライナー・マリア・リルケはこの日、バラに刺された傷がもとで死んだ。

むかしから不可思議されどよく似合ふミドルネームの女「マリア」が

12/30 MON

私はこの日が一年で一番好きだ。

こと終ふる一日まへがわれは好き　死ぬ前日のことは知らねど

12/31 TUE

寺田寅彦の命日。

物理学、文学いづれよかりしや　けぶるよけぶる古今東西

あとがき

『亀のピカソ』は、私の九番目の歌集。初出は、ふらんす堂の「短歌日記」として、二〇一三年の元旦から大晦日まで毎日一首発表したもの。歌集題は、「水槽の亀のピカソがその主《ぬし》の進歩史観をしづかに笑ふ」（一月二九日）からとった。

この年は、三月まで「NHK短歌」の講師をつとめ、また、四月からは、大学で研究科長となって慌ただしい生活を送ることになった。もっとも、会議や出張で忙殺される日常詠だけではおもしろくないので、この機会にいろいろな傾向の作品を作ろうと試みた。戯画化やブッキッシュな作りが目立つ歌もあるが、そうでない歌もある。これまでの歌集とは違って、いささか猥雑な私、奔放な私を歌うのに躊躇を欠いたところもある。本や音楽、絵画や映画の好みもあからさまに出し過ぎたかもしれない。

それでも、この歌集にはこれまでとは違う愛着が湧くのを禁じえない。

＊

この歌集の歌を作った年には、第八歌集『縄文の森、弥生の花』を上梓した。

十代のころは、自分が短歌などやるようになるとは思っていなかったし、読書の対象は、ほとんどが外国の小説だった。特にヘッセ、シェークスピア、ドストエフスキーをよく読んだ。私という人間の基盤を作っているのは、茂吉や白秋ではなく、まして人麻呂でも貫之でも定家でもなく、この三人だった。この歌集をまとめる中で、あらためて実感させられるものがあった。

＊

私は今、五十五歳。昔であれば定年で引退する年齢だが、私の現実は、ほとんどの時間を大学での職業生活に捧げている。研究科長の任期はあと一年か二年で終わるが、ふつうにいけば教授職はあと一〇年続けることになる。本当に一〇年勤められるのか。大病して人生を閉じることにならないか。これからどういう形で短歌に関わるのか。どこかでふんぎりをつけて、短歌だけの暮らしになるのではないか。それとも、ここらで一度休筆するべきか。

自分の意思だけで自分の運命を切り開けるとは思っていない。サマセット・モームは、「人生とは、切符を買って軌道の上を走る車に乗る人にはわからない」と言ったが、完全な自由意思による人生など世の中に存在しないこともたしかだろう。特に、これから起こることは、これまで以上に外的要因で決まってくることが多いにちがいない。これからの人生に、私は穏やかで優しい運命を望むが、そうはいかない、という声もどこかから聞こえてくる。

二〇一四年一月二四日

坂井　修一

著者略歴

坂井修一（さかいしゅういち）

1958年愛媛県松山市生。1978年創刊間もない「かりん」入会と同時に作歌開始。同年、情報理工学を専攻することを決め、以後２足の靴を履き続けている。歌集『ラビュリントスの日々』（現代歌人協会賞）、『群青層』、『スピリチュアル』、『ジャックの種子』（寺山修司短歌賞）、『牧神』（茨城県歌人協会賞）、『アメリカ』（若山牧水賞）、『望楼の春』（迢空賞）、『縄文の森、弥生の花』。評論集『斎藤茂吉から塚本邦雄へ』（日本歌人クラブ評論賞）、『世界と同じ色の憂愁』。その他、『鑑賞・現代短歌　塚本邦雄』、『ここからはじめる短歌入門』、『現代短歌文庫　坂井修一』。「かりん」編集委員。現代歌人協会理事。日本文藝家協会、日本歌人クラブ会員。生業では、東京大学情報理工学系研究科長・教授。工学博士。IEEE Outstanding Paper Award、日本IBM科学賞、市村学術賞、大川出版賞など受賞。情報処理学会フェロー。電子情報通信学会フェロー。日本学術会議連携会員。

亀のピカソ Kame no Picasso 坂井修一 Shuichi Sakai

2014.06.01 刊行

発行人｜山岡喜美子

発行所｜ふらんす堂

〒182-0002 東京都調布市仙川町 1-15-38-2F

tel 03-3326-9061 fax 03-3326-6919

url www.furansudo.com email info@furansudo.com

装丁｜和 兎

印刷｜㈱トーヨー社

製本｜並木製本

定価｜2000円＋税

ISBN978-4-7814-0674-9 C0095 ¥2000E

2007 十階 jikkai
東直子 Naoko Higashi

2010 静かな生活 Shizukana seikatsu
岡井隆 Takashi Okai

2011 湖をさがす umi o sagasu
永田淳 Jun Nagata

2012 純白光 jyunpakuko
小島ゆかり Yukari Kojima

短歌日記シリーズ　定価2000円＋税　以下続刊